RATUS POCHE

COLLECTION DIRIGÉE PAR JEANINE ET JEAN GUION

❧

Les mille et une nuits de Shéhérazade

Les histoires de toujours

- Icare, l'homme-oiseau
- Les aventures du chat botté
- Les moutons de Panurge
- Le malin petit tailleur
- Histoires et proverbes d'animaux
- Pégase, le cheval ailé
- Le cheval de Troie
- Arthur et l'enchanteur Merlin
- La légende des santons de Provence
- Les malheurs du père Noël
- À l'école de grand-père
- L'extraordinaire voyage d'Ulysse
- Robin des Bois, prince de la forêt
- Les douze travaux d'Hercule
- Les folles aventures de Don Quichotte
- Les mille et une nuits de Shéhérazade
- La malédiction de Toutankhamon

© Hatier Paris 2005, ISSN 1259 4652, ISBN 2-218-92076-X

Les mille et une nuits de Shéhérazade

D'après les contes persans

Un récit d'Hélène Kérillis
illustré par Annette Marnat

Les personnages de l'histoire

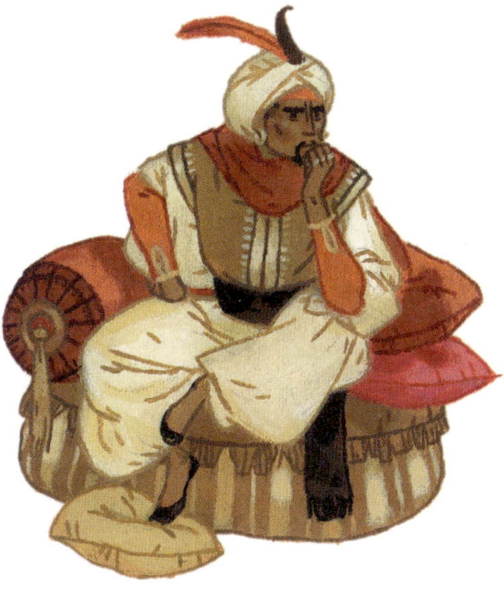

1

La terreur régnait dans le royaume de Perse. Les rues de la capitale étaient vides. Dans chaque maison, on tremblait, on pleurait. Tout cela à cause du sultan Shahriar. Il avait surpris son épouse en compagnie d'un autre homme. Aveuglé par la fureur, il avait déclaré :

– Il n'y a pas une seule femme loyale sur la terre ! Je me vengerai !

Lui qui avait sagement dirigé son royaume jusqu'alors se changea en un véritable monstre. Il fit venir son vizir. Il lui ordonna de lui amener une jeune fille du royaume et il l'épousa. Le lendemain du mariage, il la fit mettre à mort. Et l'horreur se répéta jour après jour ! Chaque soir, le sultan épousait une nouvelle jeune fille, chaque matin, il donnait l'ordre de la tuer.

Le vizir chargé de faire exécuter les jeunes femmes avait deux filles, toutes deux d'une grande beauté. L'aînée, Shéhérazade, avait plus que la beauté : elle avait l'intelligence et le

Que demande Shéhérazade à son père ?

courage. Elle avait aussi beaucoup lu, beaucoup étudié : livres de philosophie et de médecine, poèmes et récits de toutes sortes. La menace qui planait sur les jeunes filles du royaume lui était insupportable. Et comme elle avait une grande force de caractère, elle dit au vizir :

– Père, je veux délivrer les jeunes filles de la mort qui les menace. Je veux épouser le sultan. Ou je réussirai et je gagnerai l'estime de tous, ou je mourrai.

– Épouser le sultan ? s'écria le vizir, terrifié. Malheureuse ! Mais tu vas à la mort ! Tout grand vizir que je suis, je ne pourrai pas refuser l'ordre du sultan le lendemain de ton mariage.

– Je veux épouser le sultan, répéta courageusement Shéhérazade.

Le vizir se mit en colère, menaça, tempêta, mais il ne put faire revenir sa fille sur sa décision. Elle était déterminée à tout tenter pour faire cesser le massacre.

Shahriar s'étonna quand son vizir lui offrit sa propre fille en mariage.

– Prends garde ! Je ne changerai pas pour elle. Je la tuerai comme les autres ! gronda-t-il.

Après la cérémonie, le vizir quitta sa fille aussi désespéré que si elle était déjà morte. Shéhérazade demanda une faveur au sultan : que sa jeune sœur Dinarzade vienne passer la fin de sa dernière nuit avec elle. Faveur accordée. Avant le lever du soleil, Dinarzade fut donc admise dans la chambre des époux. Comme les deux sœurs l'avaient convenu, Dinarzade demanda à son aînée :

– Shéhérazade, ma chère sœur, vous qui savez tant de beaux contes, voudriez-vous m'en dire un avant le lever du jour ?

– Très volontiers, si Sa Majesté le sultan le veut bien.

Dans le silence qui suivit, Dinarzade sentit son cœur battre à lui faire mal. La vie de sa sœur ne tenait plus qu'à un fil. Si le sultan refusait, si le soleil se levait, c'en était fini. Mais il faisait encore noir. Shahriar répondit :

– Je le veux bien.

D'une voix douce et ferme à la fois, Shéhérazade prit la parole :

« Il était une fois un marchand très riche qui voyageait beaucoup pour son commerce. Un jour qu'il traversait une région désertique en rentrant chez lui, la chaleur devint étouffante.

Le marchand aperçut une tache de verdure et s'y dirigea avec son cheval. Il mit pied à terre, trouva une source entre les arbres, se rafraîchit et fit un déjeuner de dattes et de biscuits. Tout en mangeant les fruits, il jetait les noyaux de part et d'autre. Il s'apprêtait à remonter à cheval quand soudain un tourbillon de sable se leva, s'avança jusqu'au marchand et se transforma en un personnage immense. C'était un de ces mauvais génies qui se cachent dans les déserts. Son corps semblait flotter dans l'espace, mais la lame de son sabre brillait, tranchante.

– Je vais te tuer ! hurla le génie d'une voix de tonnerre.

– Me… me tuer ? Mais… je n'ai rien fait.

– Je vais te tuer comme tu as tué mon fils !

– Je… je n'ai tué personne ! Je… je ne connais pas votre fils.

– Tu t'es assis près de cette source ? Tu as mangé des dattes et jeté des noyaux ?

– Oui, c'est vrai. Mais…

– Mon fils a reçu un noyau dans l'œil et il en est mort. Je vais donc te tuer !

Le marchand ne comprenait pas comment une action aussi ordinaire que de jeter des noyaux

de dattes pouvait mériter la mort. Il se mit à genoux, il protesta de son innocence, il supplia… En vain. Aveuglé par la fureur, le génie le renversa et leva son sabre pour lui couper la tête… »

Une lueur apparut à l'Est. Le jour allait se lever. Shéhérazade se tut. L'émotion submergea Dinarzade. Sa sœur allait-elle subir le même sort injuste que le marchand ? D'une voix tremblante, elle dit cependant :

– Que ce conte est passionnant !

– La suite en est encore plus surprenante, répondit Shéhérazade. Vous pourriez l'entendre la nuit prochaine, si le sultan voulait me laisser vivre encore aujourd'hui…

Shahriar se leva. Il sortit de la chambre sans répondre. Comme chaque matin, il devait donner l'ordre de tuer son épouse…

2

Le vizir avait passé une nuit épouvantable. À peine fermait-il l'œil qu'un cauchemar le réveillait. Le matin, à son arrivée au palais, il était plus mort que vif. Quand il vit le sultan s'approcher de lui, il pâlit. Mais Shahriar n'ouvrit pas la bouche. Il ne donna pas l'ordre de tuer Shéhérazade. Il entra au conseil pour régler les affaires du royaume.

Le vizir vécut une journée terrible. Tantôt il se réjouissait de savoir sa fille encore vivante, tantôt il se désespérait :

– Ce n'est qu'un délai, il va la faire mourir demain matin…

De son côté, Dinarzade passait par les mêmes émotions que son père. Shéhérazade, elle, dominait sa peur.

Et ce fut la deuxième nuit.

– Achevez le conte du marchand, demanda le sultan peu avant le lever du soleil. Je suis curieux d'en entendre la fin.

« Après quoi, se dit-il en lui-même, je donnerai l'ordre de la tuer. »

Shéhérazade prit la parole :

« Le marchand poussa un tel cri que le sabre du génie resta suspendu dans les airs.

– Par pitié ! Accordez-moi un délai ! Laissez-moi partager mes biens entre mes enfants et je viendrai me remettre en votre pouvoir.

– Si je t'accorde un délai, tu ne reviendras pas.

– Par Allah, je le jure, je reviendrai. Accordez-moi un an. Pour un génie, ce n'est rien.

Le génie fit jurer le marchand encore deux ou trois fois. Puis il disparut. Le marchand rentra chez lui en se répétant :

– Ce n'est qu'un délai… Après, il faudra de toute façon mourir, ou bien le génie me retrouvera et se vengera sur ma famille.

L'année s'écoula. Le marchand retourna au milieu du désert. Il descendit de cheval et s'assit près de la source. Tandis qu'il attendait, accablé de tristesse, un vieil homme qui tenait une biche en laisse passa près de lui.

– Ne restez pas là, dit-il. Il y a de mauvais génies dans ces parages !

– Vous ne croyez pas si bien dire !

Et le marchand raconta tout au vieil homme.

– Je reste ! s'écria l'homme à la biche. Je veux être témoin de ce qui se passera entre vous et le génie.

Et l'homme à la biche s'assit à côté du marchand. Peu après, un autre vieillard arriva, tenant deux chiens noirs en laisse. Mis au courant de l'affaire, il s'assit avec les deux autres. Puis un troisième vieillard se joignit au groupe.

Soudain, un tourbillon de sable se leva et se dirigea vers le bosquet d'arbres. Il s'évanouit et le génie en sortit, un sabre immense à la main. D'une voix de tonnerre, il dit en saisissant le marchand à la gorge :

– Viens que je te tue comme tu as tué mon fils !

Le sabre, au-dessus du marchand, était prêt à donner le coup mortel… Alors les trois vieillards se jetèrent à genoux… »

Shéhérazade se tut. L'histoire n'était pas finie, mais le jour se levait. Comme la veille, Shahriar quitta la chambre sans un mot. Dinarzade, qui était venue écouter sa sœur, tremblait à chaque bruit. Ces pas qui s'approchaient… était-ce le

bourreau qui venait chercher sa victime ? Mais non. Aujourd'hui encore, l'ordre de mort n'avait pas été donné.

La nuit suivante, Shahriar déclara :
– Je veux absolument connaître la fin du conte !
Sa curiosité était plus forte que le désir de tuer son épouse. Et c'est bien de cette façon que Shéhérazade espérait éviter une mort injuste pour elle comme pour les autres jeunes filles du royaume, par la force de sa parole. La sultane reprit :

« Le vieillard à la biche se jeta au pied du génie et lui dit :
– Écoutez-moi, je vous en supplie. Laissez-moi vous raconter l'histoire de cette biche que je mène avec moi. Si vous la trouvez plus extraordinaire que celle du marchand aux noyaux de dattes, acceptez-vous de lui pardonner le tiers de son crime ?
La curiosité fut plus forte que le désir de tuer.
– Je t'écoute, dit le génie au vieillard.
– Comme ma femme ne pouvait pas avoir d'enfant, j'épousai une esclave avec laquelle j'eus un fils. Il avait une dizaine d'années quand je

partis en voyage. À mon retour, plus de femme ni de fils. Ma première femme me déclara qu'ils étaient morts tous les deux. Peu de temps après, il fallut abattre une bête du troupeau pour nourrir la maisonnée. J'ordonnai à mon fermier de m'amener un veau. Je levai le couteau, mais le veau me regarda avec des yeux pleins de larmes. Mon bras retomba. Je demandai qu'on m'amène un autre veau. Le lendemain, la fille du fermier demanda à me voir. Elle s'y connaissait en magie. Quand on avait ramené le premier veau à l'étable, elle s'était aperçue qu'il s'agissait d'un être humain ensorcelé. Elle lui rendit sa forme première. Je reconnus mon fils que j'embrassai avec des larmes de joie. Il nous raconta que, jalouse, ma première femme l'avait transformé en veau et sa mère en vache, pendant que j'étais en voyage.

– Et cette biche, que vient-elle faire dans l'histoire ? gronda le génie.

– C'est ma première femme. La fille du fermier l'a transformée pour la punir. N'est-ce pas une aventure extraordinaire ?

– C'est vrai, reconnut le génie. Je t'accorde donc un tiers de la vie de ce marchand.

– À mon tour, s'écria le vieillard aux deux chiens noirs. Je suis sûr que vous trouverez mon aventure encore plus surprenante que la précédente. Si c'est le cas, m'accorderez-vous un tiers de la vie de ce marchand ?

– Soit ! répondit le génie. Mais à condition que tu saches m'étonner.

– À la mort de mon père, j'héritai d'une fortune que je partageai avec mes deux frères cadets. Ils dépensèrent très vite leur part et vinrent alors me demander secours. J'acceptai de partager ma propre fortune avec eux. Tous trois, nous décidâmes de louer un bateau et de partir faire du commerce. Je fis d'excellentes affaires et je trouvai même l'amour pendant le voyage. Je me mariai et pris le chemin du retour avec ma femme et mes frères. Eux étaient dévorés de jalousie : ils avaient fait de médiocres affaires et ils n'avaient pas une femme aussi belle que la mienne. Une nuit, ils se saisirent de mon épouse et de moi et nous jetèrent à la mer. Mais ma femme était une fée. Elle ne se noya pas et elle me sauva. Elle nous transporta tous deux en un éclair dans notre maison. Peu après arrivèrent chez nous deux chiens noirs, la tête basse.

C'était mes deux frères ! Ma femme-fée les avait transformés pour les punir. N'est-ce pas une aventure extraordinaire ?

Le génie roula des yeux. Allait-il accorder un autre tiers de vie au marchand ? »

Shéhérazade se tut. Le jour se levait.

– Ma sœur, j'admire toutes les histoires que vous racontez ! s'écria Dinarzade.

– J'en sais une infinité d'autres, répondit Shéhérazade, et qui sont encore plus belles. Si le sultan veut bien me laisser vivre…

Shahriar ne répondit rien. Il partit pour le conseil. Dinarzade sentit sa gorge se serrer. Si l'ordre mortel venait ? Si les gardes surgissaient dans la chambre pour se saisir de la courageuse Shéhérazade ? Les minutes passaient, terribles, interminables…

3

L'ordre ne vint pas.

La nuit suivante, Dinarzade réveilla sa sœur à l'heure habituelle. Le sultan demanda lui-même à Shéhérazade de finir le conte du marchand aux noyaux de dattes, ce qu'elle fit :

« Le génie reconnut que l'histoire du vieillard aux deux chiens noirs lui avait beaucoup plu. Un autre tiers de la vie du marchand était sauvé. Le dernier vieillard raconta à son tour une aventure merveilleuse : il avait été transformé en chien par sa femme. Il mena une vie misérable, se nourrissant des os qu'on lui jetait. Enfin, une jeune fille comprit qui il était vraiment. Elle prononça des paroles magiques en lui jetant un peu d'eau sur le museau et lui rendit ainsi sa forme première.

Le génie fut tellement ravi par cette dernière aventure que le marchand fut sauvé, en entier ! »

– J'ai adoré cette histoire ! s'écria Dinarzade.

– Celle du pêcheur et du génie est encore plus passionnante, répondit Shéhérazade.

– Ma sœur, racontez-nous cette nouvelle histoire, si le sultan le veut bien.

Shahriar fit un signe de tête et Shéhérazade reprit :

« Il était une fois un pêcheur si pauvre qu'il avait bien du mal à nourrir sa famille. Tous les matins, il allait jeter ses filets dans la mer. Un jour, il ramena un vase de cuivre dont le couvercle était scellé avec du plomb. Le pêcheur examina le vase et le secoua pour essayer de deviner ce qu'il contenait. Sans succès. Simplement, le vase était très lourd.

– Il y a sûrement quelque chose de précieux là-dedans, se dit le pêcheur.

Il saisit son couteau et fit sauter le couvercle du vase. Comme il ne voyait rien à l'intérieur, il renversa le récipient. Rien ne vint. Surpris, le pêcheur reposa le vase à terre. Il en sortit alors un nuage noir qui monta en quelques secondes jusqu'au ciel. Effrayé, le pêcheur tomba à la renverse. Le nuage se mit à tourbillonner et le pêcheur eut bientôt devant lui un être immense, dont la tête touchait presque les nuages. C'était un génie. Le pêcheur aurait bien pris la fuite, mais la terreur le clouait au sol.

Que contient le vase ramené par le pêcheur ?

– Enfin libre ! s'écria le génie en s'étirant.

– Esprit Magnifique… commença le pêcheur en faisant une révérence.

– Esprit Magnifique ? Qui est assez insolent pour m'appeler ainsi ?

– Pardon. Euh… Votre Nuageuse Grandeur… reprit le pêcheur, en s'aplatissant au sol.

– Nuageuse, hein ? hurla le génie. Du respect avant que je te tue !

– Me… me tuer ? Qu'ai-je fait ?

– Je vais te tuer !

– Mais je viens de vous rendre la liberté !

– Peu importe. Je te tuerai quand même ! Un génie plus puissant que moi m'a capturé et enfermé dans ce vase. Pendant le premier siècle où j'étais prisonnier, j'ai juré que si quelqu'un me délivrait, je le rendrais riche. Personne ne m'a délivré. Pendant le deuxième siècle de ma captivité, j'ai juré que je ferais la fortune de mon libérateur, de ses enfants et petits-enfants. Personne ne m'a délivré. Pendant le troisième siècle de ma captivité, j'ai juré que mon libérateur deviendrait roi. Toujours pas de libérateur ! Alors j'ai juré que celui qui me sortirait de là, je le tuerais !

– Rendre le mal pour le bien ! Mais c'est injuste !

– Tout ce que je t'accorde, c'est de choisir comment tu vas mourir. Allons, dépêche-toi, qu'on en finisse ! »

Le jour parut à cet instant. Shéhérazade se tut. Shahriar était vraiment curieux d'entendre la suite. Cependant il sortit sans un mot, comme d'habitude. Et comme chaque matin, le vizir, la cour, le peuple, tous retenaient leur souffle. Le sultan allait-il donner l'ordre de tuer la sultane ? Il croisa un garde dans le palais. Il passa devant lui sans un mot, entra au conseil et se mit au travail.

La nuit suivante, Shéhérazade continua l'histoire du pêcheur et du génie :

« La menace de mort qui planait sur lui donna une idée au pêcheur :

– Je me soumets à votre volonté. Mais avant de mourir, il faut, Grand Génie, que vous me disiez la vérité. La vérité vraie, en jurant par le nom d'Allah.

– Accordé ! dit le génie. Allons, parle. Que veux-tu savoir ?

– Étiez-vous réellement dans ce vase de cuivre ?
– Parfaitement.
– Ce n'est pas possible ! Le vase ne peut même pas contenir vos pieds. Comment pourriez-vous y avoir été enfermé tout entier ?
– Par le nom d'Allah, je jure que j'y étais enfermé tout entier !
– Non, je ne peux pas le croire… À moins que vous ne le prouviez !

Le défi jeté au génie par le pêcheur fit son effet : il se changea en fumée tourbillonnante, s'étendit plus haut que les nuages, et d'un coup se tassa dans le vase de cuivre. Sa voix résonna dans les profondeurs du vase :

– Alors, tu me crois, maintenant ?

Le pêcheur ne prit pas le temps de répondre. Il se jeta sur le couvercle et ferma le vase. Le génie éclata en jurons. Puis il se mit à supplier le pêcheur.

– Tu n'as pas eu pitié quand je te suppliais, répondit le pêcheur. Pourquoi aurais-je pitié à mon tour ?

Il souleva le vase. Il avait décidé de l'emporter dans sa barque le plus loin possible pour le jeter en pleine mer. Le génie devina ce qui se passait.

– Par le nom d'Allah, je le jure, si tu me délivres, je t'enseignerai un moyen de devenir très riche. Tu seras à l'abri du besoin pour le restant de tes jours !

Le pêcheur hésita. Il avait tant de peine à nourrir sa famille ! La richesse signifiait que plus jamais ses enfants ne pleureraient de faim. Mais pouvait-il faire confiance à ce génie qui voulait le tuer quelques instants auparavant ? »

Comme le jour paraissait, Shéhérazade arrêta là son récit. Shahriar était de plus en plus charmé par les contes qu'il entendait. Il décida de laisser vivre la sultane pour tout un mois. Mais il n'en dit rien. Comme tous les matins, il partit régler les affaires de son royaume. Et comme tous les matins, Dinarzade trembla et Shéhérazade se prépara à une mort possible.

4

« Le pêcheur finit par céder, continua Shéhérazade la nuit suivante. Il reposa le vase de cuivre sur le rivage et l'ouvrit. Le génie en sortit en trombe avec un bruit d'enfer. Il donna un coup de pied dans le vase qui disparut loin dans la mer. Le génie se planta devant le pêcheur terrorisé, croisa les bras et déclara :

– N'aie pas peur. Je tiendrai parole. Suis-moi !

Le génie conduisit le pêcheur au bord d'un lac caché dans les montagnes et lui dit de jeter là ses filets. Le pêcheur ramena des poissons magnifiques.

– Porte tes poissons à la cour du sultan, et ta fortune est faite ! dit le génie.

Le pêcheur obéit. Les poissons étaient délicieux. Le sultan n'en voulut plus d'autres et le pêcheur devint son seul fournisseur. »

Ainsi Shéhérazade termina-t-elle le conte du pêcheur et du génie. La jeune femme était toujours menacée de mort et elle le savait. Mais,

bien que Shahriar ne lui ait pas dit un mot de sa décision, elle devinait que quelque chose s'était produit en lui. Effectivement, il n'avait plus envie de la faire mourir. Du moins pas tout de suite.

« Même si son prochain conte devait durer des mois, je veux l'écouter… » se disait-il.

Et il ordonna à Shéhérazade de commencer une nouvelle histoire. Elle l'intitula : Les voyages de Sindbad le marin.

« Sous le règne du calife Haroun-al-Raschid, il y avait à Bagdad un pauvre porteur nommé Hindbad. Un jour qu'il faisait une chaleur insupportable, il s'arrêta à l'ombre d'une grande maison. Par les fenêtres ouvertes, on entendait rire et chanter tandis qu'une agréable odeur se répandait dans la rue.

– Ah ! s'écria Hindbad, voilà un seigneur qui goûte tous les plaisirs de la vie, tandis que moi, je travaille dur pour nourrir ma famille. Quelle injustice !

Un valet sortit alors de la grande maison et se saisit d'Hindbad :

– Le seigneur de cette maison t'a entendu et il veut te parler !

Effrayé, le porteur voulut résister, mais il fut emmené malgré lui dans la grande maison... »

Le jour qui parut fit taire Shéhérazade. Le sultan trouva ce qu'il venait d'entendre plein de promesses. Il quitta la chambre, très curieux d'écouter la suite. Ce qu'il fit la nuit suivante :

« On conduisit le porteur dans une grande salle de festin. À la place d'honneur se tenait le seigneur de la maison, nommé Sindbad. C'était un homme âgé, à la grande barbe blanche. Il fit asseoir le porteur à ses côtés, lui offrit à manger et lui demanda :

– Répétez-moi ce que vous disiez tout à l'heure dans la rue.

Le pauvre Hindbad s'agita sur sa chaise, rougit, fit des excuses et finit par répéter très bas ce qu'il avait dit. Maintenant, on allait sûrement le chasser à coups de bâton !

– Je ne vous en veux pas, dit Sindbad. Vous pensez que j'ai acquis sans peine la fortune dont je profite dans mon grand âge... Eh bien, pas du tout. J'ai vécu de terribles aventures en parcourant les mers lorsque j'étais jeune. J'ai failli plusieurs fois perdre la vie ! Écoutez plutôt...

Comment Sindbad s'est-il retrouvé dans l'eau ?

Et Sindbad commença le récit de ses voyages :

– Je m'embarquai jeune homme pour aller faire du commerce. Tout se passa bien à l'aller. Sur le chemin du retour, le capitaine décida de faire halte sur une toute petite île d'apparence agréable. Je mis pied à terre avec quelques marchands qui étaient du voyage. Nous préparâmes un repas. Au moment de manger, l'île se mit à trembler. Le capitaine, qui était resté sur le bateau, hurla l'ordre de remonter à bord au plus vite. Je n'eus pas le temps d'atteindre le navire : l'île se mit à bouger, puis s'enfonça brusquement dans la mer. C'était en réalité une énorme baleine ! Pris dans les remous, je me débattis de toutes mes forces. Revenu à la surface, je constatai que le navire était hors d'atteinte. Je me cramponnai à un morceau de bois qui flottait et je me laissai porter par le courant. Que faire d'autre ? À perte de vue, il n'y avait que la mer. Cela dura une éternité. Je me préparais à mourir lorsqu'une vague me jeta à demi-mort sur une plage déserte.

Un bruit de voix me réveilla. L'oreille collée au sol, j'entendis qu'on parlait… sous la terre ! Peut-être un génie malfaisant ? Je me levai avec

peine et voulus m'éloigner. Mais alors je me trouvai nez à nez avec un homme qui attachait une jument à un piquet planté au bord de la mer. L'homme me regarda avec étonnement.

– Que faites-vous dans ce désert ?

Je racontai mon aventure. L'homme m'offrit son aide. Il m'amena dans la grotte d'où venaient les voix qui m'avaient effrayé. C'était celles de ses amis. Ils me donnèrent à boire et à manger.

– Eh bien, dirent-ils, vous avez de la chance ! Nous venons dans cette partie déserte de l'île une seule fois par an et pour quelques jours seulement.

– Pour quoi faire ?

– Nous attendons qu'un cheval marin vienne rencontrer la jument que vous avez vue tout à l'heure. Il naît ensuite de superbes poulains qui appartiennent à notre roi.

– Nous repartons demain, dit un autre. Si vous étiez arrivé un jour plus tard, vous seriez mort de faim et de soif dans ce désert !

Le lendemain, je pris le chemin de la capitale avec mes nouveaux compagnons. Je vécus plusieurs mois dans cette ville, sans savoir comment rentrer chez moi. Puis un jour, j'eus la surprise

de voir mon nom sur des ballots de marchandises entassés sur le port ! Je courus auprès du capitaine. C'était mon capitaine ! Il fut tout heureux de me retrouver. Il m'avait cherché en vain sur la mer et avait fini par abandonner, me croyant perdu. Il s'apprêtait à vendre mes marchandises pour en donner le produit à ma famille. Je récupérai mon bien et rentrai chez moi vivant et riche.

Sindbad se tut. Le porteur Hindbad reconnut qu'il avait tort : Sindbad méritait ses richesses après avoir risqué sa vie.

– Mais ce n'est que le début ! reprit Sindbad. Je m'ennuyai vite à Bagdad. J'eus envie de repartir sur les mers pour faire du commerce. J'étais loin de soupçonner les épreuves qui m'attendaient ! »

5

Les nuits passaient et Shéhérazade continuait à charmer Shahriar avec les aventures de Sindbad le marin.

« Hindbad écouta Sindbad raconter son cinquième voyage :

– Vent favorable et temps clair : le début se passa au mieux. Je m'étais associé avec des marchands qui voulaient tenter le commerce sur les mers. Un jour, les vivres et l'eau vinrent à manquer. Nous fîmes escale sur une terre qui nous parut inhabitée. Il y avait une végétation basse à perte de vue et au loin, sur le haut d'une colline, quelque chose de blanc. La curiosité et la faim nous poussèrent à marcher vers cette blancheur.

Nous sommes arrivés au pied d'une boule légèrement aplatie, lisse, haute comme deux fois un homme. Qu'est-ce que cela pouvait bien être ? Soudain, un bruit en sortit. Une fissure en traversa la surface. Les bords s'écartèrent et quelque chose de jaune et de pointu apparut. La

chose se mit à découper de l'intérieur la coque blanche. Alors je compris. Aussi incroyable que cela puisse paraître, c'était un œuf en train d'éclore ! Mais un œuf de taille absolument gigantesque ! Les marchands qui m'accompagnaient poussèrent des cris de joie. Ils cassèrent le reste de l'œuf, se saisirent de l'énorme poussin pour le faire rôtir et le manger. Je voulus les en empêcher : et si les parents de cet oisillon monstrueux revenaient ?

Et ils revinrent. Quand ils virent notre crime, ils poussèrent des cris déchirants, tandis que nous prenions la fuite jusqu'à notre navire. Nous nous croyions sauvés. Pas du tout. Soudain deux immenses taches noires obscurcirent le ciel : les oiseaux géants passaient à l'attaque ! Ils nous bombardèrent de gros rochers qu'ils tenaient dans leurs serres. Le navire éclata en morceaux. J'eus la chance d'être projeté à l'eau et non écrasé comme la plupart de mes compagnons. Encore un naufrage… Je nageai dans l'eau jusqu'à la limite de mes forces.

Lorsque je repris conscience, j'étais sur une plage. Un vieil homme à la barbe moussue comme de l'écume m'aida à me remettre debout.

Il ne parlait pas, mais me mena jusqu'à une rivière. De l'autre côté, il y avait des arbres couverts de fruits. L'homme me fit signe de le prendre sur ses épaules pour le faire traverser. Une fois la rivière franchie, je voulus le remettre à terre. Impossible ! Le vieillard ricana. Il se cramponna à moi avec une force insoupçonnable. C'était tout juste s'il ne m'étouffait pas ! J'espérais qu'il s'endormirait la nuit venue, et que je pourrais lui échapper. En vain. Je compris que j'étais prisonnier d'un être surnaturel. Porter ce poids en permanence était épuisant. Il fallait à tout prix que je m'en débarrasse, ou j'y laisserais ma vie. Mais comment faire ?

Un jour, je remarquai une vigne dont les raisins étaient mûrs. Je vendangeai et je fis du vin. J'en bus un peu. Le vieillard en voulut. Je lui en donnai autant qu'il en demanda. Je le sentis bientôt gigoter de façon désordonnée. Puis ses jambes faiblirent, se relâchèrent et enfin il tomba ivre sur le sol. J'étais libre ! Je réussis à retrouver le rivage où j'étais arrivé. Un bateau qui passait me prit à bord. J'appris du capitaine que j'avais échappé à un génie connu sous le nom de Vieillard de la Mer. J'étais le premier à m'être débarrassé de lui !

Après cette épreuve, je rentrai à Bagdad, bien décidé à ne plus repartir sur les mers.

– Avez-vous tenu cette promesse ? demanda Hindbad.

– Eh bien non ! Avec le temps, on oublie les malheurs, et le désir de voyager m'a fait souvent reprendre la mer… »

Comme tous les matins, Shéhérazade se tut au lever du soleil. Dinarzade admirait la force de caractère et le talent de sa sœur. Le vizir, père de Shéhérazade, la cour, le royaume de Perse, tout le monde s'étonnait du changement intervenu chez le sultan : depuis des mois, les meurtres de jeunes filles avaient cessé. Mais s'ils se réjouissaient, c'était en secret, tant ils avaient peur que la folie meurtrière de Shahriar ne reprenne. Car s'il ne donnait pas l'ordre de mort, il ne faisait pas grâce non plus. Et Shéhérazade devait dire ses contes avec cette menace toujours présente.

Elle commença ainsi l'histoire du petit bossu :

« Il était une fois à Casgar, en Tartarie, un tailleur qui travaillait dans sa boutique. Un petit bossu s'arrêta devant chez lui et se mit à jouer du tambourin tout en chantant. Comme sa musique était très belle, le tailleur proposa au

musicien de venir jouer chez lui pour sa femme.

– En échange, nous vous offrons à dîner, dit le tailleur.

Les deux hommes s'attablèrent devant un poisson appétissant préparé par la femme du tailleur. Or, en mangeant, voilà que le bossu avala une arête de travers. Il porta la main à sa gorge, rougit, tomba par terre et mourut étouffé sans que le tailleur ou sa femme n'aient pu lui porter secours.

– Horreur ! s'écria le tailleur. On va croire que c'est nous qui l'avons tué !

– Il faut s'en débarrasser, dit la femme, ou bien nous irons en prison !

Dès qu'il fit nuit, deux ombres chargées d'un paquet longèrent les murs jusqu'à la maison d'un médecin. C'était le tailleur et sa femme qui portaient le bossu. Ils le coincèrent en haut d'un escalier très raide, juste devant chez le médecin. Ils frappèrent à la porte et s'enfuirent. Le médecin ouvrit et s'avança sur le palier plongé dans le noir. Il heurta quelque chose et entendit un terrible bruit dans l'escalier. Quand il revint avec de la lumière, le médecin découvrit un mort en bas de son escalier.

– Horreur ! s'écria-t-il. On va m'accuser de tuer mes malades !

– Il faut t'en débarrasser ! dit sa femme.

Il fallait agir tant qu'il faisait nuit. Le médecin et sa femme montèrent le corps sur la terrasse de leur maison. Il y avait là des conduits de cheminée. L'un d'eux donnait dans la maison de leur voisin. Passant des cordes sous les bras du bossu, ils firent tout doucement descendre le cadavre tout droit dans la cheminée où il resta planté debout. Peu après, le voisin rentra chez lui. À la lueur de sa lampe, il aperçut un homme qui tentait de se cacher dans sa cheminée.

– Holà, voleur ! cria-t-il en saisissant un bâton. Tu vas perdre l'envie d'y revenir !

Au premier coup de bâton, il fit tomber le cadavre. Encore quelques coups et il s'arrêta : l'homme ne bougeait plus.

– Il est mort ? Qu'ai-je fait ?

Comment se tirer d'affaire ? Le voisin eut la même idée que les autres : se débarrasser du cadavre… Et vite, car le jour allait se lever. Le voisin se dépêcha de transporter le corps au bout de la rue, et de le planter debout contre le parapet d'un pont. C'est un marchand à moitié

Que font descendre le médecin et sa femme dans la cheminée ?

ivre qui finit par hériter du « crime ». Alors qu'il bousculait le cadavre et le renversait à terre, un garde l'aperçut. Il accourut et arrêta le malheureux marchand que l'on condamna immédiatement à mort. Mais alors qu'on lui mettait la corde au cou, un homme surgit de la foule :

– Non ! Non ! Ne pendez pas ce marchand ! C'est moi le coupable !

C'était le voisin. Il avait tant de remords de voir tuer un innocent qu'il venait se dénoncer. Mais alors un autre homme surgit de la foule. C'était le médecin qui venait s'accuser. Puis ce fut le tailleur. Un seul cadavre et quatre coupables ! Le garde qui veillait à l'exécution ne savait plus quoi penser. On s'en remit donc au sultan de Casgar. Chacun raconta son histoire. Il n'y avait plus de raison de pendre qui que ce soit. Le barbier du sultan s'approcha alors du petit bossu. Il l'examina et éclata de rire.

– Qu'as-tu donc ? s'étonna le sultan.

– Par Allah, cet homme n'est pas mort ! Il est seulement inconscient car sa respiration est presque coupée.

Le barbier retira l'arête. Le bossu éternua et se leva comme si de rien n'était ! »

Shéhérazade termina ainsi cette incroyable aventure.

– Vraiment, j'ai adoré cette histoire ! s'écria Dinarzade. Que de surprises ! Je croyais ce bossu vraiment mort.

– Moi aussi, dit Shahriar. Quel renversement de situation !

Le jour n'était pas encore levé. Aussi le sultan demanda-t-il à Shéhérazade une nouvelle histoire.

– La dernière était amusante, commença-t-elle. La prochaine sera émouvante…

6

« Il y a très longtemps, en Perse, un roi vivait dans la paix. Il était heureux en tout, sauf en une chose : malgré toutes les femmes qu'il tenait enfermées dans son harem, il n'avait pas d'enfant. Ni fille, ni fils pour lui succéder. Un jour, un marchand d'esclaves vint se présenter à sa cour.

– Sire, dit-il, Votre Majesté possède de très belles esclaves, mais je crois que ma marchandise dépasse tout ce que Votre Majesté a pu voir jusqu'à présent.

Le roi fit passer le marchand dans ses appartements privés et demanda à voir la « marchandise ». C'était une jeune fille. On lui ôta son voile. Le roi fut saisi par sa beauté, et plus encore par quelque chose de profond et de mystérieux dans son regard. Il en tomba immédiatement amoureux.

L'esclave fut achetée et confiée aux servantes de la cour. On lui offrit ce qu'il y avait de plus

beau en bijoux et en vêtements. On la logea dans la partie la plus luxueuse du palais, un appartement qui donnait sur la mer. Aussitôt qu'elle y fut entrée, elle s'accouda à la fenêtre et regarda les vagues battre au pied des murailles. Quand le roi entra, l'esclave ne se retourna pas. Elle ne le salua pas. Elle ne prononça pas un seul mot. Elle resta accoudée à la fenêtre, le regard perdu dans la contemplation de la mer. Le roi fut stupéfait. Jamais personne, et surtout pas une esclave achetée, ne s'était conduit ainsi en sa présence. D'où pouvait-elle venir pour ignorer comment on devait se tenir devant un roi ? Loin de fâcher le souverain, ce mystère l'attacha davantage à la jeune fille.

– Jamais je n'ai senti pour une femme ce que je sens pour vous, dit-il. Mais pourquoi ce silence qui me glace ?

La jeune fille ne répondit rien. Le roi lui fit servir un délicieux dîner. Il lui offrit un spectacle de danses et de chants. Pas un mot. Pas un sourire. L'esclave gardait le même regard lointain, fixé sur des pensées connues d'elle seule. »

Le jour qui se levait arrêta Shéhérazade. Le sultan n'avait qu'un désir : savoir ce qui allait se

passer entre le roi et cette mystérieuse jeune fille. La nuit suivante, il se réveilla tôt pour écouter la suite.

« Le roi de Perse interrogea les servantes qui s'étaient occupées de l'esclave. Toutes lui firent la même réponse : la jeune fille n'avait pas prononcé un seul mot. Ne comprenait-elle rien ? Ou bien était-elle muette ? Pourtant, ses yeux étaient si envoûtants ! La passion rendit le roi de Perse bien différent de ce qu'il avait été. Il donna leur liberté à toutes les prisonnières de son harem. Il n'aimait plus que sa belle inconnue qui regardait tant la mer.

– Dire que je ne connais même pas son nom ! se lamentait-il.

Une année s'écoula. Le roi vivait avec son esclave unique et l'aimait de plus en plus. Un jour, il vint s'asseoir près d'elle, à la fenêtre qui donnait sur la mer.

– Je ne puis deviner ce que vous pensez, dit-il. Pourtant, je vous aime tant que mon royaume compte pour rien quand je vous vois. Rien ne manquerait à mon bonheur si vous pouviez me dire un mot seulement.

Il se produisit alors une chose extraordinaire.

Les yeux de la jeune femme quittèrent enfin les vagues et se posèrent sur le roi. Puis un sourire illumina son visage. Tremblant d'émotion, le roi comprit qu'elle allait enfin parler.

– Sire, commença-t-elle, j'ai tant à vous dire que je ne sais par où commencer. D'abord, je vous remercie de m'avoir toujours bien traitée. Ensuite, j'ai une grande nouvelle à vous annoncer : j'attends un enfant.

À ces mots, le roi de Perse se sentit transporté de joie : la femme qu'il aimait lui parlait enfin ! Et ils allaient avoir un enfant !

– Quel bonheur ! s'écria le roi. Mais pourquoi, pourquoi avoir gardé si longtemps le silence, ma reine, alors que je vous aime si fort ?

– Sire, la perte de la liberté est quelque chose d'insupportable. Le corps peut être réduit en esclavage, pas l'esprit. Mon silence était ma façon de résister.

– Je comprends, dit le roi. Cependant, quand on est esclave, n'est-ce pas une chance d'être celle d'un roi plutôt que celle d'un homme de rien ?

– Mais, sire, cela est peut-être vrai pour un être né dans l'esclavage. Mais moi, je suis fille de roi.

Mon nom est Djoullanare de la Mer. Mon père était l'un des plus puissants monarques des royaumes sous-marins. Hélas, un ennemi est entré dans ses États et ma mère, mon frère et moi n'avons pu échapper à la mort qu'en nous enfuyant. Il ne nous restait rien. Mon frère me poussa à venir sur terre pour y épouser un roi, mais je ne voulais pas. Il insista tant que nous nous fâchâmes. Je pris la fuite. On me captura et on me vendit comme une marchandise. Comprenez-vous maintenant à quel point d'humiliation, de désespoir et de colère j'étais ?

– C'est donc pour cela que vous vous tenez toujours à la fenêtre, contemplant votre royaume perdu ? demanda le roi de Perse.

– Je voulais me jeter par cette fenêtre… Et je l'aurais fait si vous n'aviez pas aimé que moi.

Le roi prit la main de Djoullanare de la Mer.

– Vous n'êtes plus mon esclave. Et, si vous le voulez, vous serez ma seule femme, ma femme légitime, la reine de Perse.

Djoullanare accepta, mais à une condition : elle voulait reprendre contact avec sa famille de la mer et savoir ce que sa mère et son frère étaient devenus. Le roi trembla à ces mots.

Djoullanare allait-elle plonger dans la mer ? Et si elle ne revenait plus ?

– Je vais les faire venir jusqu'ici, dit Djoullanare. Cachez-vous dans la pièce voisine et regardez par la jalousie. Il faut que je leur raconte mon histoire avant qu'ils ne vous voient.

Le roi de Perse obéit. Djoullanare fit apporter un réchaud et une casserole d'eau qu'elle mit à chauffer. Elle prit dans un coffret un morceau de bois parfumé. Lorsque l'eau fut prête à bouillir, elle jeta le bois dans l'eau. Aussitôt, une fumée à la saveur marine emplit la pièce et s'échappa par la fenêtre, tandis que Djoullanare prononçait des paroles magiques. Alors il y eut un fracas de vagues et la mer s'ouvrit en deux… »

À cet instant, le jour parut. Shahriar était tellement pris par l'histoire qu'il ne s'en était pas aperçu. Il attendit la nuit suivante avec plus d'impatience que jamais.

7

« La mer s'ouvrit en deux, reprit Shéhérazade le lendemain. Il en sortit un char de nacre orné de coquillages. Un groupe de personnes aux cheveux couleur de mer en descendit : un jeune homme, le frère de Djoullanare, et une femme âgée, sa mère, accompagnée de quelques servantes. Ils semblaient flotter à la surface de l'eau. Pour entrer dans le palais, ils s'élancèrent par la fenêtre. Très émue, la reine embrassa sa mère et son frère. Puis elle leur raconta ses aventures. Lorsqu'elle dit qu'elle avait été vendue comme une marchandise, son frère entra en fureur. Des flammes jaillirent de ses narines et le roi de Perse, effrayé, recula loin derrière la jalousie.

– Quoi ? Vendue ? Ma sœur, quittez cet esclavage humiliant ! Revenez avec nous. J'ai reconquis le royaume de notre père et vous serez à nouveau princesse et libre.

À ces mots, le roi de Perse sentit son cœur cesser de battre. Si Djoullanare le quittait, il

Où est caché le roi de Perse ?

était perdu. Tremblant des pieds à la tête, il écouta la réponse de sa femme :

– L'engagement que j'ai avec le roi de Perse n'est pas un esclavage. C'est l'engagement d'une femme avec un mari, d'une reine avec un roi. Et l'enfant que j'attends m'attache au roi pour toujours.

« Djoullanare ne m'abandonnera jamais ! » se dit le roi, rassuré. Il l'en aima mille fois plus encore, si cela était possible.

Quelque temps plus tard, la reine mit au monde un garçon, à la grande joie de tous. »

Shéhérazade se tut.

– Ce peuple de la mer est tout à fait étrange, dit Shahriar qui avait été charmé par le conte.

– Encore plus étrange est l'histoire du dormeur éveillé, répondit Shéhérazade.

– Un dormeur éveillé ? Comment est-ce possible ? s'étonna Shahriar.

Il ne faisait pas encore jour, aussi la sultane reprit-elle la parole :

« L'histoire se passe sous le règne du calife Haroun-al-Raschid, à Bagdad. Ce calife aimait bien se promener incognito dans sa ville. Ainsi, il voyait par lui-même comment les gens du

peuple vivaient, il entendait ce qu'on disait de lui et de ses ministres. Un jour qu'il traversait un pont, déguisé en marchand, un jeune homme nommé Abou Hassan l'invita à venir dîner chez lui. Le calife s'étonna :

– Je suis un inconnu et vous m'invitez chez vous ?

– C'est que j'ai été trahi par mes amis… Tant que j'ai été riche, ils venaient chez moi. Quand j'ai eu dépensé le plus gros de ma fortune, ils m'ont tourné le dos. Aussi, j'offre l'hospitalité à des inconnus : ils ne pourront pas être pires que mes faux amis !

Le calife trouva qu'Abou Hassan avait une personnalité qui sortait de l'ordinaire. Il le suivit donc pour dîner chez lui. Ce fut une excellente soirée. Haroun-al-Raschid trouva Abou Hassan capable de bien juger des choses et il lui demanda :

– Tout vous semble-t-il aller bien dans cette ville de Bagdad ? Ou bien avez-vous sujet de vous plaindre ?

– Je suis très content de mon sort. Je n'ai ni chagrin ni mauvaise affaire.

– Rien ne trouble votre tranquillité ?

– Une chose, cependant… Dans mon quartier,

il y a un imam qui est un parfait hypocrite. Il appelle à la prière, mais il passe son temps à monter les gens les uns contre les autres. Si j'étais le calife Haroun-al-Raschid pour une journée seulement, je ferais cesser ce désordre.

Le calife trouva l'idée séduisante. Si séduisante qu'il décida de la mettre à exécution… »

Shéhérazade se tut. Il y eut un silence pendant lequel Shahriar goûta encore quelques instants la magie qui enveloppait le palais endormi. Loin des obligations du jour, il écoutait Shéhérazade parler doucement sous les étoiles. C'était comme si les choses avaient un sens caché qui ne se comprend pas le jour. Peut-être était-il lui-même un dormeur éveillé…

Le jour parut. Shahriar se leva, chassant les pensées de la nuit. Mais il n'avait qu'une hâte : écouter à nouveau la voix de Shéhérazade et plonger dans le monde mystérieux qu'elle faisait vivre chaque nuit.

Et le lendemain, elle poursuivit :

« Haroun-al-Raschid sortit discrètement une poudre de sa poche et en versa une pincée dans la tasse à thé d'Abou Hassan. Celui-ci but et aussitôt tomba profondément endormi.

Le calife appela un de ses esclaves et ordonna :
– Charge cet homme sur tes épaules et conduis-le au palais.

Dès qu'il y fut lui-même, il donna des ordres :
– Déshabillez cet homme. Mettez-lui ma robe de nuit et installez-le dans mon lit.

Puis il fit venir toutes les dames et tous les officiers de sa cour et leur déclara :
– Je veux qu'à son réveil, vous traitiez cet homme comme si c'était moi. Pour une journée, il devra être obéi aussi exactement que vous m'obéissez à moi, votre calife.

On s'inclina. Les désirs d'Haroun-al-Raschid étaient des ordres. Il voulait savoir comment cet homme du peuple allait utiliser le pouvoir absolu dont il pourrait disposer pendant vingt-quatre heures.

Au matin, Haroun-al-Raschid alla se placer dans une pièce voisine de sa chambre, d'où il pourrait tout observer. Les courtisans entrèrent dans la chambre où Abou Hassan finissait la nuit. Il ouvrit les yeux. Les referma. Les rouvrit.

« Comment se fait-il que le plafond soit aussi haut ? » se demanda-t-il.

Il tourna la tête à droite, puis à gauche.

« Que font chez moi ces gens habillés de soie et couverts de pierreries ? » se demanda-t-il encore. « C'est sûrement un rêve. »

Et il referma les yeux.

Mesrour, le chef des serviteurs, s'approcha.

– Que Votre Majesté ne se rendorme pas ! dit-il. Il est temps qu'elle se lève pour la prière du matin.

Abou Hassan rouvrit les yeux. On lui présentait la couronne de calife.

– Je rêve ! dit-il tout haut. Je rêve, c'est sûr. Je rêve que je suis calife !

Il se laissa lever, habiller, coiffer en répétant les mêmes mots, en ouvrant et fermant les yeux sans cesse. Dans sa cachette, Haroun-al-Raschid s'amusait de ces mimiques. Au moment où Mesrour allait ouvrir les portes du Grand Conseil en annonçant l'entrée de Sa Majesté, Abou Hassan lui demanda :

– Pourquoi m'appelez-vous Sa Majesté ?

– Parce que Votre Majesté est le calife Haroun-al-Raschid, Commandeur des Croyants.

– Sans rire maintenant, insista Abou Hassan, qui suis-je ?

Mesrour répéta la même chose. Abou Hassan

fit la même demande à tous ceux qui l'entouraient. Il reçut la même réponse. Il finit par dire à une dame de la cour :

– Mordez-moi le doigt, que je sache si je rêve ou si je suis éveillé.

Dès qu'il sentit la douleur, il s'écria :

– Je ne dors pas ! Je suis bien le calife !

Et il suivit Mesrour jusqu'à la salle du Grand Conseil. Le grand vizir Giafar lui présenta les affaires courantes. Abou Hassan, malgré le bouleversement qui l'agitait, jugea avec un bon sens que le vrai calife approuva. Le conseil allait se terminer quand Abou Hassan appela Giafar.

– J'ai un ordre particulier à te donner ! dit-il. »

Mais alors Shéhérazade se tut car le jour se levait.

8

La nuit suivante, Shéhérazade reprit son récit :
« Abou Hassan ordonna au grand vizir Giafar :
– Allez dans le quartier d'un certain Abou Hassan. Il y a là une mosquée où vous trouverez un imam à barbe blanche. Faites-lui donner quatre cents coups de nerf de bœuf, mettez-le sur un chameau et promenez-le dans toute la ville en criant : « Voilà le châtiment des hypocrites qui montent les gens les uns contre les autres ! »

Giafar fit exécuter l'ordre. Le vrai calife avait continué d'observer Abou Hassan d'une pièce voisine.

– Et maintenant ? se demanda-t-il. Notre homme va-t-il abuser de son pouvoir en voyant tous ses ordres si bien exécutés ?

Abou Hassan visita le palais, goûta la musique, le repas raffiné, le tout sans faire de remarque méprisante à personne, sans donner d'ordre injuste. Haroun-al-Raschid admirait sa sagesse. Le soir, on l'endormit avec la même poudre et

on le transporta chez lui. Autant il avait gardé son bon sens en étant calife, autant la transformation en sens inverse fut difficile.

– Mesrour ! Giafar ! cria Abou Hassan avant même d'ouvrir les yeux. Qu'on m'apporte mon manteau brodé d'or ! Qu'on fasse venir le barbier !

À ces cris, la mère d'Abou Hassan entra dans sa chambre et s'étonna :

– Mais que se passe-t-il mon fils ? Êtes-vous souffrant ?

– Je ne suis pas votre fils ! dit Abou Hassan en ouvrant les yeux. Je suis le calife Haroun-al-Raschid !

La mère eut beau le raisonner, rien n'y fit : il voulait absolument être le calife. On dut conduire Abou Hassan à l'hôpital pour qu'il finisse par retrouver son bon sens. »

Shéhérazade se tut.

– Quelle aventure ! C'était très amusant, dit Shahriar. Mais Abou Hassan est-il resté longtemps à l'hôpital ?

– Il n'a vraiment retrouvé ses esprits que le jour où le véritable calife est venu le voir en personne : il lui a expliqué toute l'affaire et il lui a même offert mille pièces d'or.

Il ne faisait pas encore jour. Aussi Shahriar pria-t-il Shéhérazade de lui conter une autre histoire.

– Sésame, ouvre-toi ! dit-elle à mi-voix.

Ces quelques mots agirent comme une formule magique : aussitôt Shahriar se sentit plongé au cœur d'une aventure mystérieuse.

– Sésame, ouvre-toi ! répéta Shéhérazade. C'est ainsi qu'Ali Baba, un pauvre homme, devint un jour fort riche. Mais il ne le serait pas resté sans l'intelligence de sa servante Morgiane…

– Racontez-moi cela en détail ! s'écria Shahriar.

Et Shéhérazade raconta :

« Dans une ville de Perse vivaient deux frères : Cassim, qui avait épousé une femme riche, et Ali Baba, qui avait épousé une femme pauvre. Pour gagner sa vie, Ali Baba allait souvent couper du bois dans la forêt avec ses deux ânes. Un jour qu'il travaillait avec sa hache, il entendit venir une troupe de cavaliers armés. Craignant pour sa vie, Ali Baba chercha une cachette. Devant lui, un immense rocher aux parois lisses : impossible de grimper. À côté, un arbre. C'est là, au milieu d'un feuillage touffu, qu'Ali Baba se réfugia après avoir fait fuir ses ânes. La troupe

mit pied à terre juste sous l'arbre. Il y avait quarante hommes à la mine inquiétante. Sûrement des voleurs. Le chef se plaça devant la paroi du rocher et prononça distinctement ces paroles :

– Sésame, ouvre-toi !

Un grondement se fit entendre. Ali Baba sentit ses cheveux se dresser sur sa tête quand il vit l'effet des paroles magiques : le rocher s'ouvrait ! L'intérieur devait être immense car les quarante voleurs chargés de sacs s'y engouffrèrent. La porte se referma.

Peu après, les voleurs ressortirent, les sacs vides. Le chef prononça la formule, le rocher se referma. Les quarante hommes remontèrent à cheval et disparurent. Ali Baba était de nouveau seul dans la forêt avec son bois à couper. Mais ce qu'il avait vu lui avait ôté toute envie de couper du bois ! »

Le jour qui se levait mit fin au récit de la nuit. Shahriar brûlait d'envie de connaître la suite, mais il ne dit rien.

La nuit suivante, Shéhérazade reprit :

« Ali Baba s'approcha du rocher. Il répéta la formule du chef des voleurs :

– Sésame, ouvre-toi !

Le rocher s'ouvrit comme la première fois. Au lieu des ténèbres qu'il s'attendait à voir, Ali Baba fut surpris de constater que l'intérieur était une vaste caverne bien éclairée. Tout autour de lui, tissus de soie, bijoux, pièces d'or, pierres précieuses. Jamais Ali Baba n'avait imaginé voir un jour de tels trésors. Il empoigna quelques sacs de pièces d'or et les traîna dehors. Puis il prononça la formule pour refermer la porte de la caverne, partit à la recherche de ses ânes, les chargea, mit du bois par-dessus le chargement et rentra chez lui.

– Nous voilà désormais à l'abri de la pauvreté ! s'écria sa femme.

– À condition de garder le secret ! répondit Ali Baba.

Il décida de creuser une fosse dans son jardin pour y enterrer l'or. Ils devaient l'utiliser peu à peu, sinon ils risquaient d'être découverts.

– Je vais tout de même mesurer cet or, pour voir de combien nous sommes riches ! dit sa femme.

Comme elle ne savait pas compter, elle alla chez sa belle-sœur, la femme de Cassim, pour emprunter une mesure à grains. La femme de

Que prend Ali Baba dans la caverne ?

Cassim était curieuse. Elle frotta le dessous de la mesure avec de la colle avant de la prêter, afin de savoir quelle sorte de grains ce pauvre Ali Baba pouvait bien avoir en sa possession. Et ce qui devait arriver arriva : la femme d'Ali Baba rendit la mesure sans s'apercevoir qu'une pièce était collée dessous. La femme de Cassim, elle, s'en aperçut ! Et elle mit son mari au courant.

– Comment ? Ce misérable Ali Baba a tant d'or qu'il en remplit des mesures entières ?

Et la jalousie leur dévora le cœur. Cassim fila chez son frère. Il le menaça :

– Si tu ne me dis pas d'où vient l'or, je te dénonce !

Ali Baba avait bon cœur. Il se dit qu'il y avait assez de richesses pour deux familles. Il raconta tout à Cassim. Le lendemain matin, ce dernier partit très tôt avec dix mulets en direction de la forêt. Et s'il y en avait autant qu'Ali Baba l'avait dit, il reviendrait pour tout rafler avec le double de mulets. Il arriva devant le rocher.

– Sésame, ouvre-toi ! s'écria-t-il.

Quand il entra, ce qu'il vit dépassa ses plus folles espérances. Il traîna pièces d'or, bijoux, pierreries vers la porte. Lorsqu'il eut déménagé

de quoi charger ses dix mulets, il se planta devant la porte et s'écria :

– Orge, ouvre-toi !

La paroi du rocher ne bougea pas. Et pour cause ! La formule était fausse. Cassim reprit :

– Blé, ouvre-toi !

La porte resta close. Cassim était prisonnier dans la caverne. Il essaya tous les noms de grains possibles et imaginables. Sans succès. Quant à « sésame », le mot lui échappait comme s'il ne l'avait jamais entendu de sa vie. »

Shéhérazade se tut car le jour se levait. Shahriar attendit toute la journée de savoir ce qui allait se passer dans la caverne. Mais la nuit suivante, quand Shéhérazade reprit son histoire, elle ne parla pas de la caverne.

« À la nuit tombée, pas de Cassim. Sa femme, qui l'avait attendu tout le jour, commença à s'inquiéter. Elle alla trouver Ali Baba.

– Il faut garder la chose secrète, lui dit-il. Cassim rentrera sûrement pendant la nuit.

Mais le lendemain matin, toujours pas de Cassim. Ali Baba prit ses ânes et partit à la recherche de son frère.

– Sésame, ouvre-toi ! dit-il devant le rocher.

Lorsque la paroi s'ouvrit en deux, Ali Baba fut horrifié : son frère était bien à l'intérieur de la caverne, mais il était mort. Et de plus découpé en quatre morceaux ! Des traces de lutte lui firent deviner ce qui s'était passé : les voleurs avaient trouvé Cassim dans la caverne et l'avaient tué. Et ses restes étaient là pour terrifier ceux qui arriveraient à percer le secret du rocher.

Ali Baba chargea le corps de son frère sur ses ânes, le recouvrit de bois et retourna chez sa belle-sœur. Il y fut accueilli par Morgiane, une servante intelligente et très adroite. Elle jura le secret et promit d'aider Ali Baba à réaliser son plan : faire passer la mort de Cassim pour une mort naturelle. Mais avec un corps en quatre morceaux, ça n'allait pas être facile…

Morgiane alla acheter des médicaments pour faire croire à une grave maladie de Cassim. Puis elle alla chez un vieux savetier de sa connaissance. Elle lui remit une pièce d'or en lui disant :

– Jure-moi le secret sur ce que tu vas faire. Laisse-toi conduire et tu auras une autre pièce d'or pour prix de ton travail.

Morgiane banda les yeux du savetier et le conduisit chez Cassim où il recousit le corps.

Puis elle le ramena à sa boutique en lui bandant à nouveau les yeux. L'enterrement eut lieu sans que personne ne soupçonne quoi que ce soit. »

– Est-ce ainsi que finit le conte ? demanda Shahriar.

– Pas du tout ! répondit Shéhérazade. Les quarante voleurs n'ont pas dit leur dernier mot ! Mais le jour se lève…

9

« Lorsqu'ils revinrent à la caverne, continua Shéhérazade la nuit suivante, les quarante voleurs s'étonnèrent de ne pas retrouver le corps de Cassim.

– Nous sommes perdus si nous ne découvrons pas qui est entré ici ! s'écria le chef. Alors, voilà ce que nous allons faire…

Peu après, la troupe des voleurs se dispersa aux quatre coins du pays. L'un d'eux, déguisé en voyageur, entra le lendemain de bonne heure dans la ville où habitait Ali Baba. Son but : enquêter sur un cadavre en quatre morceaux. Par un hasard malheureux, il tomba sur le vieux savetier en train de coudre des semelles de chaussures.

– Il ne fait pas bien clair, ce matin. Y voyez-vous assez pour coudre ?

– Si vieux que je sois, j'ai de bons yeux ! Il y a peu, j'ai cousu un mort dans une maison où on y voyait moins bien qu'ici !

– Cousu un mort ? Vous voulez dire coudre son linceul ?

– Non, non, cousu un mort ! Mais je n'en dirai pas plus.

Le voleur n'eut pas trop de peine à faire parler le savetier : il lui offrit des pièces d'or. Le vieil homme se laissa bander les yeux et fit de mémoire le chemin qui conduisait chez Cassim. C'est là qu'habitait maintenant Ali Baba. Le voleur renvoya le savetier avec d'autres pièces d'or et fit une marque à la porte. Puis il rejoignit son chef dans la forêt.

– Parfait ! dit le chef. Rendez-vous sur la place de la ville cette nuit. Moi, j'irai en reconnaissance et je vous ferai signe au bon moment pour l'attaque.

Mais quand le chef et le voleur déguisé arrivèrent dans la rue où logeait Ali Baba, ils eurent une belle surprise : il n'y avait pas une, mais cinq portes qui étaient marquées ! C'est que Morgiane avait aperçu la marque. Elle s'était dépêchée d'en faire de pareilles sur les autres portes, ce qui sauva ses maîtres cette nuit-là. Les voleurs quittèrent les lieux sans avoir pu se venger. Le chef décida d'enquêter en personne.

Même manège avec le savetier. Mais cette fois, il se contenta de bien observer la porte pour la reconnaître sans avoir à faire de marque. Puis il retourna dans la forêt et dit à ses hommes :

– Achetez des mulets et de grands vases de cuir à transporter l'huile : tous devront être vides, sauf un. Et vous verrez.

Quelques jours plus tard, un marchand arriva dans la ville au coucher du soleil. Il avait avec lui une longue file de mulets qui portaient des vases de cuir remplis d'huile. C'était le chef des voleurs. Il se présenta chez Ali Baba.

– Seigneur, j'apporte de l'huile à vendre au marché demain. Il est si tard que je ne sais où loger. Accepteriez-vous d'héberger mes bêtes dans votre cour pour la nuit ?

Ali Baba avait vu le chef des voleurs dans la forêt. Mais déguisé en marchand, il était méconnaissable.

– Vous êtes le bienvenu, répondit Ali Baba. Installez vos bêtes.

Après le repas offert par son hôte, le chef des voleurs se rendit dans la cour, soi-disant pour prendre le frais. En fait, il vint frapper à chaque vase, sauf à celui qui était plein d'huile et dit :

Que découvre Morgiane dans le premier vase ?

– J'ai une chambre dans la maison. Dès que tout le monde sera endormi, je jetterai de petits cailloux. Ce sera le signal.

Et il rentra se coucher. Morgiane, qui finissait son travail à la cuisine, vint à manquer d'huile pour sa chandelle. Elle sortit dans la cour et s'approcha d'un mulet. Le voleur qui était caché dans le vase de cuir demanda :

– Est-il temps ?

Tout autre que Morgiane aurait crié en entendant un vase d'huile parler. Mais Morgiane avait sang-froid et intelligence. Elle comprit tout de suite que quelque chose de louche se préparait. Elle répondit donc à voix basse :

– Pas encore, mais bientôt.

Et Morgiane fit le tour des mulets avec la même réponse à tous les voleurs qui lui posaient la même question. Le dernier vase, qui était plein d'huile, lui donna une idée pour se défendre. Elle le rapporta à la cuisine et fit bouillir l'huile.

Retournant au jardin, elle versa de l'huile bouillante dans chaque vase de cuir en refermant le couvercle. Les voleurs périrent tous jusqu'au dernier.

Puis Morgiane se cacha dans la cour pour

observer la suite des événements. Peu après, le chef des voleurs jeta des cailloux, sans succès. Il descendit de sa chambre et toqua au premier vase. Pas de réponse. Il ôta le couvercle. Il vit que l'homme était mort. Comme tous les autres ! Le chef des voleurs était en fureur. Mais seul, il ne pouvait rien. Il prit la fuite.

Au bout de plusieurs mois, Ali Baba comprit qu'il en était définitivement débarrassé. Il utilisa sagement son trésor et vécut heureux avec toute sa maisonnée. »

– Sésame, ouvre-toi ! répéta Shahriar. Quelle merveilleuse histoire ! Et cette Morgiane, quel courage !

Le jour n'était pas levé. Après avoir beaucoup discuté de la présence d'esprit de Morgiane et de la sagesse d'Ali Baba, le sultan demanda une autre histoire à Shéhérazade.

« Il y avait à Bagdad un marchand nommé Ali Cogia qui décida de partir faire un pèlerinage à La Mecque. C'était un long voyage. Il vendit sa petite boutique, ses meubles et sa maison. Avant son départ, il voulut mettre à l'abri une somme de mille pièces d'or. À qui la confier ? Ali Cogia choisit un grand vase à olives. Il y déposa les

mille pièces d'or, compléta avec des olives et ferma le vase. Puis il l'apporta chez un de ses amis marchands.

– Vous voulez que je vous garde ce vase d'olives ? dit l'ami. Tenez, prenez cette clé, c'est celle de mon entrepôt. Placez votre vase où vous voulez. Je vous promets que vous le retrouverez à votre retour.

Tranquillisé, Ali Cogia partit pour La Mecque. Il en profita pour voyager en Égypte, visita Le Caire, les pyramides, remonta le Nil, passa par Jérusalem, Mossoul, Ispahan etc. Bref, il y avait sept années qu'il avait quitté Bagdad quand il décida enfin de rentrer.

Et le vase aux pièces d'or ? L'ami d'Ali Cogia n'y pensait plus. Mais un soir, il fut question d'olives alors qu'il dînait avec sa femme.

– Cela me rappelle qu'Ali Cogia m'en a confié un vase. Si on l'ouvrait ?

– Oh non ! dit la femme. Si Ali Cogia revient, n'aurez-vous pas honte de n'avoir su tenir votre promesse ?

Le marchand n'écouta pas la voix de la sagesse. Il se rendit à son entrepôt et ouvrit le vase d'Ali Cogia. Il le pencha pour faire tomber quelques

olives dans un plat. Quelques pièces d'or du fond, plus lourdes que les olives, tombèrent avec. Le marchand les regarda avec avidité. Il remit tout en place, dit à sa femme que les olives étaient pourries et alla se coucher. Pendant la nuit, il passa en revue tous les moyens possibles de s'approprier cet or sans qu'on puisse le soupçonner. Au matin, le marchand avait trouvé… »

Comme le jour se levait, Shéhérazade se tut.

– Que d'histoires vous savez ! s'exclama alors Shahriar. Arriverez-vous un jour à la fin de vos contes ?

– La fin de mes contes ? s'écria Shéhérazade. J'en suis bien éloignée ! Ils sont innombrables ! Ce que je crains, Votre Majesté, c'est que vous ne vous lassiez de m'entendre.

– N'ayez crainte, répondit le sultan. Et voyons ce que vous aurez encore à me raconter demain…

10

– Vous vous souvenez de l'ami d'Ali Cogia ? reprit Shéhérazade la nuit suivante…

« Ce marchand avait trouvé le moyen de voler les pièces d'or qui ne lui appartenaient pas. Vous verrez plus loin comment…

Lorsqu'Ali Cogia revint enfin de son pèlerinage, il demanda son vase d'olives à son ami. Rentré chez lui, il ouvrit le couvercle et commença à verser le contenu dans un plat. Il tomba des olives. Ali Cogia donna une secousse au vase pour faire descendre le reste. Encore des olives. Rien que des olives. Plus une pièce d'or ! Ali Cogia pâlit.

– Cet ami en qui j'avais tellement confiance ! Ce serait un voleur ? Ce n'est pas possible !

Ali Cogia retourna chez le marchand.

– Des pièces d'or ? s'écria-t-il, faisant l'innocent. Je ne vois pas de quoi vous parlez.

– Peut-être avez-vous eu besoin de cet argent… Si c'est un emprunt, remboursez-moi.

– Vous avez parlé d'olives, pas de pièces d'or ! Pourquoi ne pas me réclamer des diamants tant que vous y êtes ?

L'affaire finit devant le cadi, c'est-à-dire le juge.

– Avez-vous des témoins ? demanda le cadi.

Ali Cogia fut bien obligé de répondre que non. Quant au marchand, il clama haut et fort qu'il n'avait jamais entendu parler de pièces d'or. Le cadi le lui fit jurer par serment. Puis il renvoya les deux hommes après avoir rendu le jugement suivant : le marchand était innocent.

L'affaire se serait ainsi terminée si le calife Haroun-al-Raschid ne s'était pas promené incognito dans sa ville de Bagdad. Il tomba par hasard sur un groupe d'enfants qui jouaient au jeu du cadi rendant la justice. Le calife se plaça contre une palissade et écouta.

– C'est moi le cadi, dit l'un des enfants. Amenez-moi Ali Cogia et le marchand son ami.

– Moi, je suis Ali Cogia, dit un autre enfant. Je veux l'or que j'ai caché dans les olives !

– C'est un mensonge ! protesta l'enfant qui jouait le rôle du marchand. Je le jure par serment !

– Pas si vite ! fit le cadi. Je veux d'abord voir le vase.

On fit semblant de déposer un vase devant le petit cadi. L'enfant fit semblant d'enlever le couvercle, de prendre une olive et de la goûter.

– Oh ! oh ! fit-il. Cette olive est excellente ! Je veux l'avis des spécialistes en olives. Qu'on les amène à mon tribunal.

Trois autres enfants se présentèrent.

– Combien de temps les olives peuvent-elles se conserver bonnes à manger ? demanda le cadi.

– Pas plus de trois ans ! répondirent les petits spécialistes.

– Vous vous trompez. Voici Ali Cogia qui a mis ces olives dans ce vase il y a sept ans et elles sont excellentes ! Goûtez vous-mêmes.

Les spécialistes firent semblants de mâcher des olives en crachant les noyaux.

– Sept ans ? Impossible !

– Les olives sont de cette année, nous le certifions.

Le marchand avait bien volé l'or d'Ali Cogia, mais il avait commis l'erreur de remplacer les olives… Le calife Haroun-al-Raschid en avait assez entendu. Il rentra au palais. Le lendemain,

Qu'a-t-on volé à Ali Cogia ?

il fit comparaître le vrai cadi, Ali Cogia avec son vase d'olives et le marchand. La tromperie fut révélée au grand jour et Ali Cogia récupéra ses pièces d'or. »

– Voilà de quoi réfléchir sur la façon de rendre la justice ! dit Shahriar.

Une lumière brillait doucement dans le noir. Il ne faisait pas encore jour. Shéhérazade reprit la parole :

« Il était une fois un sultan de Perse qui avait épousé une belle jeune fille, la cadette d'une famille de trois sœurs. Les deux aînées avaient épousé l'une le boucher, l'autre le boulanger du sultan et elles étaient dévorées par la jalousie.

– Notre sœur a le mari le plus riche, dit la femme du boucher. Vengeons-nous !

– Oui, mais comment ? demanda la femme du boulanger.

– J'ai un plan. Vous savez que la sultane est enceinte. Attendons l'accouchement. Et alors…

Les deux aînées furent admises comme sages-femmes auprès de leur cadette. Elles reçurent dans leurs bras le petit garçon que leur jeune sœur venait de mettre au monde. Elles l'enveloppèrent d'un linge et le déposèrent dans une

petite corbeille, puis elles l'abandonnèrent sur le canal qui passait au pied des appartements de la sultane. À la place du bébé, elles montrèrent au sultan un petit chien mort. Même chose pour le deuxième enfant, encore un garçon, puis pour le troisième, une petite fille. Le sultan entra en fureur.

– Que la sultane soit maudite ! Qu'on l'enferme dans une prison puisqu'elle ne peut mettre au monde un enfant normal !

Les deux sœurs aînées triomphaient. Mais les trois enfants, qu'étaient-ils devenus ? Chaque fois, le courant les avait emportés à travers les jardins du palais, où le jardinier en chef se promenait. En apercevant la corbeille la première fois, il fut ravi d'y trouver un bébé :

– Moi qui n'ai pu avoir d'enfant ! En voici un qui m'est envoyé par le ciel !

Il ramena le bébé chez lui à la grande joie de sa femme. Il fit de même pour les deux bébés suivants. Le couple éduqua les deux garçons, qui s'appelaient Bahman et Perviz, et la petite fille, Parizade.

Les enfants eurent tous les trois les mêmes maîtres pour apprendre à lire, écrire, compter,

pour l'histoire, les sciences, la musique. Ils apprirent aussi à monter à cheval et à tirer à l'arc. Parizade comme ses frères.

Devenus vieux, le jardinier en chef et sa femme s'installèrent dans une superbe maison de campagne. Ils moururent, sans rien dire à leurs trois enfants : le secret de leur naissance leur serait-il un jour dévoilé ? »

Le jour se leva, mettant ainsi fin au récit de Shéhérazade. Shahriar ne songeait plus à la faire mourir. Il ne pouvait plus se passer de ce monde de la nuit qu'elle créait pour lui. Il attendit le lendemain avec impatience.

11

La nuit suivante, Shéhérazade continua ainsi l'histoire des deux sœurs jalouses de leur cadette :

« Un jour, une vieille femme qui parcourait le monde se présenta à la porte de la maison de campagne et demanda l'hospitalité. Parizade reçut la vieille femme en l'absence de ses frères. Pendant qu'elles dînaient, Parizade lui demanda ce qu'elle pensait de la maison.

– Il faudrait être bien difficile pour ne pas s'y plaire. Elle est superbe ! Quant aux jardins…

– Les jardins ? reprit Parizade.

– Ils sont beaux, certes, mais à mon avis, il leur manque trois choses pour être parfaits.

– Trois choses ? Lesquelles ? demanda Parizade, qui avait le souci de la perfection.

– La première est l'oiseau qui parle ; la seconde, l'arbre qui chante ; la troisième, l'eau couleur d'or qui s'élève en gerbe dans le bassin où on l'installe.

Aussitôt, Parizade voulut savoir où et comment se procurer ces trois merveilles.

– Vous m'avez si bien reçue que je vais vous le dire, répondit la vieille femme. Prenez le chemin qui passe devant chez vous et allez pendant vingt jours en direction des Indes. Ensuite, interrogez la première personne que vous rencontrerez. Elle vous dira ce qu'il faut faire…

Quand ses frères furent de retour, Parizade leur raconta tout. Bahman et Perviz eurent comme leur sœur le désir de posséder les trois merveilles. Bahman, l'aîné, partit dès le lendemain. Au vingtième jour de chevauchée, il aperçut un vieillard à longue barbe qui vivait retiré dans la forêt.

– Bon père, dit Bahman, enseignez-moi si vous le savez le chemin qui conduit à l'oiseau qui parle, à l'arbre qui chante et à l'eau couleur d'or.

– Jeune homme, c'est une entreprise fort dangereuse. Ceux qui ont essayé ne sont jamais revenus. Si vous aimez la vie, retournez-vous-en.

– Je vous remercie de votre conseil, répondit poliment Bahman, mais je veux absolument tenter l'aventure.

Alors le vieil homme tira une boule de sa poche et dit :

– Remontez à cheval, lancez cette boule et suivez-la jusqu'à ce qu'elle s'arrête. Ensuite, continuez à pied. Surtout souvenez-vous d'une chose : ne regardez pas en arrière. Si vous y parvenez, les merveilles seront à vous.

– Et sinon ?

– J'ignore ce qui vous attend…

Bahman remonta à cheval et jeta la boule devant lui. Il la suivit jusqu'à ce qu'elle s'immobilise au pied d'une montagne. C'était un paysage désolé. Un ciel bas. Du vent. Pas d'arbres. Seuls d'immenses rochers noirs se dressaient, comme de terribles sentinelles. Bahman descendit de cheval et entreprit l'ascension de la montagne. Il n'avait pas fait trois pas que de terrifiants murmures se firent entendre. Bahman regarda de tous côtés : personne. Mais il ne se retourna pas. Encore quelques pas, et les voix montèrent d'un ton, puis se mirent à vociférer :

– Demi-tour et en vitesse !

– Qu'il y aille, puisqu'il les veut tant, l'oiseau et le reste ! Et qu'il y perde la vie !

Cris, sifflements, injures résonnaient dans les

airs. Bahman sentait son cœur battre à tout rompre. Soudain, un hurlement à glacer le sang le fit sursauter. C'en était trop. Il jeta un regard en arrière, prêt à fuir. Mais alors il se sentit brutalement arrêté dans ses mouvements. Ses jambes devinrent lourdes comme le plomb. Impossible de remuer, ne serait-ce qu'un doigt. Son corps n'était plus de chair. Avec horreur, Bahman comprit qu'il venait d'être transformé en rocher noir comme les autres cavaliers qui avaient tenté l'aventure. Il ne lui restait que la voix…

Il demeura ainsi pendant un temps qui lui parut une éternité. Un jour, il vit apparaître son frère. Il comprit que, ne le voyant pas revenir, Perviz s'était décidé à tenter l'aventure. Comme il s'approchait, Bahman lui cria des encouragements, mais les voix des autres pierres hurlaient, couvrant sa voix. Effrayé, Perviz se retourna. Il fut lui aussi changé en pierre.

Bien plus tard, Bahman et Perviz aperçurent un tout jeune homme qui avançait sur le chemin des pierres noires. Il semblait concentré sur lui-même, n'écoutant rien au dehors, ne regardant rien d'autre que l'endroit où il posait les

Que va chercher Parizade ?

pieds. Des pieds d'une extraordinaire petitesse. Alors les deux frères transformés en pierre comprirent : ce jeune homme, c'était leur sœur Parizade en habit masculin ! Les injures et les hurlements fusaient de partout, et Parizade restait parfaitement calme. Quel courage ! Et quelle intelligence, aussi : Parizade avait eu l'idée de mettre du coton dans ses oreilles pour ne pas succomber aux hurlements des voix !

Elle passa ainsi sans encombre et atteignit le sommet de la montagne. Elle aperçut l'oiseau. Elle courut à la cage et la saisit. Maintenant, elle pouvait se retourner sans danger.

– Belle dame, dit l'oiseau, vous êtes désormais ma maîtresse. Je vous obéirai en tout.

– Dis-moi où sont l'arbre qui chante et l'eau couleur d'or.

C'était tout près. Parizade remplit un flacon d'eau couleur d'or pour le verser dans le bassin de son jardin. La magie ferait le reste. Pour l'arbre, il suffisait d'en cueillir une branche et de la replanter où on le souhaitait : alors il poussait un arbre dont les feuilles faisaient un concert.

Quand Parizade eut les trois merveilles qui allaient rendre son jardin le plus beau du monde,

elle demanda à l'oiseau :

– Que sont devenus mes deux frères ?

– Ils sont parmi les pierres dressées que tu as trouvées sur ton chemin.

– Comment les délivrer ?

– Prends la cruche qui est à côté de la source et jette-leur quelques gouttes d'eau.

Parizade s'exécuta, rendant la vie à ses frères et à une foule de cavaliers.

L'oiseau, l'arbre et l'eau rendirent le jardin si parfait qu'il fit l'admiration de tous. On en parla alentour. Le sultan de Perse en fut informé et désira voir les merveilles. On annonça sa visite. Pour recevoir un si illustre visiteur, Parizade demanda conseil à l'oiseau :

– Quel repas dois-je servir au sultan ?

– Un plat de concombres farcis de perles !

– Farcis de perles ?

– Parfaitement. Et vous verrez…

Parizade donna ses ordres au cuisinier stupéfait. On présenta donc le fameux plat au sultan lors de sa visite.

– Des concombres farcis de perles ? s'étonna le sultan. Qu'est-ce que cela veut dire ?

– Cela vous surprend ? Vous n'en croyez pas

vos yeux ? dit l'oiseau qui parle. Pourtant, Votre Majesté, vous avez cru bien facilement que la sultane votre épouse avait accouché d'animaux morts.

– Je l'ai cru parce que les sages-femmes me l'ont dit.

– Et qui étaient donc ces sages-femmes ?

– Les sœurs de la sultane.

– Des sœurs jalouses ! Elles n'avaient qu'un but : détruire le bonheur de la sultane.

– Mais… mais si mon épouse a accouché de bébés, que sont-ils devenus ?

– Ne devinez-vous pas ? dit alors l'oiseau en regardant tour à tour Bahman, Perviz et Parizade.

Les trois adolescents avaient l'âge qu'auraient dû avoir ses enfants.

– Mes enfants chéris ! s'écria le sultan dans un sanglot.

C'est ainsi que justice fut faite. Les deux sœurs aînées furent punies. Le sultan demanda pardon à la sultane qui retrouva sa place à la cour, entourée de ses trois enfants. »

Shéhérazade conta encore pendant des mois et des mois, jusqu'à ce que mille et une nuits

soient écoulées. Tout ce temps, la sultane avait raconté à Shahriar la diversité des hommes et du monde. Il ne pouvait s'empêcher d'admirer sa femme. Il se souvint du courage avec lequel elle s'était exposée à la mort en demandant à devenir son épouse. Trois ans de patience, d'invention, d'héroïque douceur.

Cette nuit-là, avant le lever du jour, Shéhérazade prit la parole :

– Ô Shahriar, dit-elle, puis-je vous demander une grâce ?

– Demandez, elle vous sera accordée.

Shéhérazade appela les nourrices du palais et leur dit :

– Amenez ici mes enfants.

Ils étaient trois. L'un qui marchait, le deuxième qui allait à quatre pattes et le dernier encore au sein.

– Au nom de nos trois enfants, dit alors Shéhérazade, accordez-moi enfin d'échapper à la mort. Car si vous me faites mourir, ils seront sans mère, et aucune femme ne les élèvera avec plus de tendresse que moi.

– Ô Shéhérazade ! s'écria Shahriar. J'ai agi avec barbarie, je le comprends aujourd'hui. Vous avez

guéri mon âme. Je renonce à la loi cruelle que j'avais imposée, et je vous fais grâce pour toujours.

Le vizir, père de Shéhérazade, et sa sœur Dinarzade apprirent la nouvelle avec un immense bonheur. Dans tout le royaume de Perse, on fêta la sultane, et ce fut la plus belle de toutes les nuits de Shéhérazade.

1
la Perse
Région du monde correspondant aujourd'hui à l'Iran.

2
un sultan
Un souverain, celui qui règne sur un pays.

3
un vizir
Ministre d'un sultan.

4
submerger
Envahir comme une immense vague.

5
plus mort que vif
Le vizir se sent plus près de la mort que de la vie tant il a peur.

6
Allah
Dieu des musulmans.

7
scellé
Tenu bien fermé par du plomb ou de la cire.

8
des remous
Des tourbillons dans l'eau.

9
surnaturel
Qui est au-dessus de la nature, qu'on ne peut pas expliquer.

10
inconscient
Évanoui, qui a perdu conscience.

11
un harem
Appartements où sont enfermées les femmes du sultan.

12
envoûtant
Qui séduit et ensorcelle.

13
une **jalousie**
Fenêtre munie de croisillons derrière lesquels on peut voir sans être vu.

14
un **imam**
Chef de prière dans le culte musulman.

15
un **calife**
Souverain qui descend du prophète Mahomet dans la religion musulmane.

16
les **courtisans**
Personnages entourant un souverain à la cour.

17
une **mosquée**
Lieu de culte des musulmans.

18
rafler
Tout emporter, rapidement et sans rien laisser.

19
un **linceul**
Drap dans lequel on enveloppe un mort.

20
le **sang-froid**
Le courage.

21
incognito
Sans se faire connaître.

22
la **cadette**
Sœur la plus jeune.

23
vociférer
Parler en hurlant et avec colère.

24
héroïque
Qui montre un courage, une force de caractère exceptionnels.

Pour t'aider à lire

93

Les aventures du rat vert

- 1 Le robot de Ratus
- 3 Les champignons de Ratus
- 6 Ratus raconte ses vacances
- 8 Ratus et la télévision
- 15 Ratus se déguise
- 19 Les mensonges de Ratus
- 21 Ratus écrit un livre
- 23 L'anniversaire de Ratus
- 26 Ratus à l'école du cirque
- 29 Ratus et le sapin-cactus
- 36 Ratus et le poisson-fou
- 40 Ratus et les puces savantes
- 46 Ratus en ballon
- 47 Ratus père Noël
- 50 Ratus à l'école
- 1 Ratus chez le coiffeur
- 2 Ratus et les lapins
- 9 Ratus aux sports d'hiver
- 13 Ratus pique-nique
- 23 Ratus sur la route des vacances
- 27 La grosse bêtise de Ratus
- 38 Ratus chez les robots
- 41 Ratus à la ferme
- 46 Ratus champion de tennis
- 8 La classe de Ratus en voyage
- 12 Ratus en Afrique
- 16 Ratus et l'étrange maîtresse
- 26 Ratus à l'hôpital
- 29 Ratus et la petite princesse
- 31 Ratus et le sorcier
- 33 Ratus gardien de zoo
- 47 En vacances chez Ratus

Les aventures de Mamie Ratus

- 7 Le cadeau de Mamie Ratus
- 39 Noël chez Mamie Ratus
- 3 Les parapluies de Mamie Ratus
- 8 La visite de Mamie Ratus
- 31 Le secret de Mamie Ratus
- 5 Les fantômes de Mamie Ratus

Ralette, drôle de chipie

- 10 Ralette au feu d'artifice
- 11 Ralette fait des crêpes
- 13 Ralette fait du camping
- 18 Ralette fait du judo
- 22 La cachette de Ralette
- 24 Une surprise pour Ralette
- 28 Le poney de Ralette
- 38 Ralette, reine du carnaval
- 45 Ralette, la super-chipie !
- 51 Joyeux Noël, Ralette !
- 4 Ralette n'a peur de rien
- 6 Mais où est Ralette ?
- 20 Ralette et les tableaux rigolos
- 44 Les amoureux de Ralette
- 48 L'idole de Ralette
- 11 Ralette au bord de la mer
- 34 Ralette et l'os de dinosaure

Les histoires de toujours

- 27 Icare, l'homme-oiseau
- 32 Les aventures du chat botté
- 35 Les moutons de Panurge
- 37 Le malin petit tailleur
- 41 Histoires et proverbes d'animaux
- 49 Pégase, le cheval ailé
- 26 Le cheval de Troie
- 32 Arthur et l'enchanteur Merlin
- 43 La légende des santons de Provence
- 49 Les malheurs du père Noël
- 52 À l'école de grand-père
- 21 L'extraordinaire voyage d'Ulysse
- 27 Robin des Bois, prince de la forêt
- 36 Les douze travaux d'Hercule
- 40 Les folles aventures de Don Quichotte
- 46 Les mille et une nuits de Shéhérazade
- 49 La malédiction de Toutankhamon

Super-Mamie et la forêt interdite

- 42 Super-Mamie et le dragon
- 43 Le Noël magique de Super-Mamie
- 44 Les farces magiques de Super-Mamie
- 48 Le drôle de cadeau de Super-Mamie
- 39 Super-Mamie, maîtresse magique
- 42 Au secours, Super-Mamie !
- 45 Super-Mamie et la machine à rétrécir
- 50 Super-Mamie, sirène magique
- 37 Le mariage de Super-Mamie
- 39 Super-Mamie s'en va-t-en guerre !

L'école de Mme Bégonia

- 11 Drôle de maîtresse
- 14 Au secours, le maître est fou !
- 16 Le tableau magique
- 25 Un voleur à l'école
- 33 Un chien à l'école
- 47 Bonjour, madame fantôme !

La classe de 6e

- 14 La classe de 6e et les hommes préhistoriques
- 17 La classe de 6e tourne un film
- 24 La classe de 6e au Futuroscope
- 30 La classe de 6e découvre l'Europe
- 35 La classe de 6e et les extraterrestres
- 42 La classe de 6e et le monstre du Loch Ness
- 44 La classe de 6e au Puy du Fou
- 48 La classe de 6e contre les troisièmes

Collection Ratus Poche

Collection Ratus Poche

Les imbattables

- 54 La rentrée de Manon
- 55 Le chien de Quentin

Baptiste et Clara

- 30 Baptiste et le requin
- 35 Baptiste et Clara contre le vampire
- 37 Baptiste et Clara contre le fantôme
- 40 Clara et la robe de ses rêves
- 51 Clara et le secret de Noël
- 53 Les vacances de Clara
- 22 Baptiste et Clara contre l'homme masqué
- 32 Baptiste et le complot du cimetière
- 38 Clara superstar
- 41 Clara et le garçon du cirque
- 43 Clara, reine des fleurs
- 45 Clara et le cheval noir

Les enquêtes de Mistouflette

- 9 Mistouflette et le trésor du tilleul
- 30 Mistouflette sauve les poissons
- 34 Mistouflette et les chasseurs
- 5 Mistouflette et les tourterelles en danger
- 24 Mistouflette enquête au pays des oliviers
- 1 Mistouflette contre les voleurs de chiens
- 7 Mistouflette et la plante mystérieuse

Hors séries

- 2 Tico fait du vélo
- 4 Tico aime les flaques d'eau
- 12 Le bonhomme qui souffle le vent
- 25 Sino fête son anniversaire
- 31 Les monstres de l'espace
- 33 Attaque dans l'espace
- 7 Mon copain le monstre
- 19 Le petit dragon qui toussait
- 28 Nina et le vampire
- 34 Les pirates de l'espace
- 2 Les malheurs d'un pâtissier
- 3 Karim et l'oiseau blanc
- 4 Timothée et le dragon chinois
- 6 Le facteur tête en l'air
- 9 Romain, graine de champion
- 10 Le trésor des trois marchands
- 15 Une nuit avec les dinosaures

Conception graphique couverture : Pouty Design
Conception graphique intérieur : Jean Yves Grall • mise en page : Atelier JMH

Imprimé en France par Pollina, 85400 Luçon - n° L41333
Dépôt légal n° 62558 - septembre 2006